ALFAGUARA

PAPEL RECICLADO
100%

¿Seguiremos siendo amigos?

Paula Danziger

Traducción de Javier Franco
Ilustraciones de Tony Ross

INFANTIL

ALFAGUARA

Título original: *AMBER BROWN IS NOT A CRAYON*
© Del texto: 1994, PAULA DANZIGER
  Con la autorización para la traducción en lengua
  castellana de G.P. Putnam's Sons, una división
  de Putnam & Grosset Group
© De las ilustraciones: 1994, TONNY ROS
© De la traducción: 1994, JAVIER FRANCO
© De esta edición:
  1994, Santillana, S. A.
  Juan Bravo 38. 28006 Madrid
  Teléfono (91) 322 47 00

•Aguilar, Altea, Taurus, Alfaguara, S. A. de Edicioners
Beazley, 3860. 1437 Buenos Aires
•Aguilar, Altea, Taurus, Alfaguara, S. A. de C.V.
Avda. Universidad, 767. Col. Del Valle,
México D.F. C.P. 03100

ISBN: 84-204-4857-5
Depósito legal: M-39.278-1997

Primera edición: septiembre 1994
Séptima reimpresión: noviembre 1997

Una editorial del grupo **Santillana** que edita en
España • Argentina • Colombia • Chile • México
EE. UU. • Perú • Portugal • Puerto Rico • Venezuela

Diseño de la colección:
JOSÉ CRESPO, ROSA MARÍN, JESÚS SANZ

Impreso sobre papel reciclado
de Papelera Echezarreta, S. A.

Printed in Spain - Impreso por
Printing-10, S. L. Móstoles (Madrid)

¿Seguiremos siendo amigos?

A Carrie Marie Danziger:
sobrina, consejera y amiga.

Uno

Dentro de exactamente diez minutos todos los niños y niñas de nuestra clase vamos a subir al avión para ir de viaje a China.

Yo, Ámbar Dorado, soy una alumna de tercer curso y estoy muy emocionada.

Mi mejor amigo, Justo Daniels, se va a sentar a mi lado.

Ahora mismo está sentado en el pupitre de al lado haciendo de despertador.

Lo único que oigo es un suave tic-tac, pero estoy absolutamente supersegura de que ya tiene pensado hacer alguna otra cosa.

Siempre que nuestra clase va a volar a algún lugar lejano nos sentamos juntos.

De hecho, llevamos sentándonos juntos desde que nos conocimos en preescolar, pero ésa es otra historia.

No es nada fácil encontrar mi pasaporte y los billetes, porque yo, Ámbar Dorado, soy una alumna de tercero muy desordenada.

Saco rápidamente las cosas de mi pupitre –el cuaderno en el que voy a escribir sobre el viaje, medio paquete

de chicles de fresa, mis pegatinas, dos cintas para el pelo, siete gomas de borrar, once clips, dos cuadernos de ejercicios y, finalmente, mi pasaporte y los billetes, que he metido dentro de una caja decorada especialmente por mí (la verdad es que puse un montón de pegatinas.)

–Rrring. Cu-cu –empieza a decir Justo, mientras se columpia para adelante y para atrás.

Entonces le pego en la cabeza con el pasaporte y los billetes.

–Vale. ¿Y ahora, qué estás haciendo?

–Soy un despertador de reloj de cuco y me he pillado las plumas de la cola –dice Justo, que no para de columpiarse.

Cuando una tiene a Justo Daniels de mejor amigo la vida es superdivertida.

Lo mismo pasa con mi maestro, el señor Coten.

–Dispónganse a embarcar.

Y el señor Coten apaga y enciende las luces para que sepamos que se ha acabado una actividad y está a punto de empezar otra.

Hemos puesto todas las sillas de la clase en fila para que parezca un avión de verdad, con pasillos por los que caminar y un sitio para el piloto, el copiloto y los auxiliares de vuelo.

El señor Coten siempre es el piloto. El dice que sólo es porque ninguna otra persona de nuestra clase tiene carnet de conducir, pero yo sé cuál es la verdadera razón por la que siempre hace de piloto. Es porque quiere asegurarse de que lleguemos adonde tenemos que llegar. Una vez le dejó a Ricardo Curton que hiciera de piloto, y cuando aterrizamos, Ricardo anunció que nos había llevado a Disneylandia en lugar de al Zaire.

Así que ahora el señor Coten siempre es el piloto y elige cada vez unos niños diferentes para que hagan de copilotos y auxiliares de vuelo.

Cuando me toque a mí quiero ser copilota. No quiero tener que repartir bolsitas de cacahuetes porque hay algunos chicos que son unos críos y hacen ruidos como los monos al comer los cacahuetes, y otras bobadas.

Pero Justo no hace bobadas. Él y yo pasamos el tiempo leyendo la revista *3° B EN VUELO*. (Los artículos los escribimos entre todos.) También hacemos el crucigrama que se inventa el señor Coten.

Bueno, la verdad, si hay que ser sincera, a veces Justo también hace ruidos de mono.

Ahora la clase se ha puesto en fila, esperando a que el señor Coten revise los pasaportes.

Ana Burton se ha quedado mirando la foto de su pasaporte.

—Es una foto horrorosa. No sé por qué no nos han dejado traer una foto de casa.

Cada vez que empezamos a estudiar un país, nos vamos «volando» a conocerlo y, todas y cada una de las veces, Ana se queja de la foto que tiene en el pasaporte.

—Pues estás muy guapa —le digo, mirando la foto.

Todos tenemos las fotos que nos hicieron en el colegio, menos Brenda Colvin, que empezó las clases cuando ya nos habían hecho las fotos. El pasaporte de Brenda lleva una foto que le hizo el señor Coten con su propia cámara.

—*Soy* muy guapa —me corrige Ana—, pero en esta foto estoy horrorosa.

Hago como que no he oído lo que ha dicho.

—Ya sabes que el señor Coten

quiere que nuestros pasaportes de mentira parezcan de verdad. Acuérdate de cuando nos enseñó su pasaporte de verdad. Estaba horrible, y tampoco es tan feo.

Ana hace una mueca y sonríe.

–Ámbar, sólo porque a ti se te olvidó aquel día que nos iban a hacer las fotos y en la tuya parece que al salir de la cama te pusiste lo primero que encontraste y te peinaste con el rastrillo del jardín, no significa que a los demás no nos importe cómo hemos salido en nuestra foto.

Me fijo en la foto de Ana. Lleva su largo pelo rubio muy bien peinado y se ha puesto un pasador de colores muy bonitos.

Me fijo en mi foto.

Ojos castaños y nariz pecosa... El pelo, castaño, está un poco despeinado y lo llevo sujeto con dos coleteros.

Voy vestida con ropa de diario. De hecho, llevo mi ropa favorita: una camiseta muy larga que me trajo mi tía Pamela de un viaje a Londres y unas mallas negras. (Aunque no se ven, me acuerdo de qué pantalones llevaba. Yo, Ámbar Dorado, tengo muy buena memoria).

No estoy tan fea. Es verdad que se me olvidó que ese día iban a hacernos las fotos. Y eso que el señor Coten nos lo dijo un millón de veces y lo escribió dos millones de veces en la pizarra para que no se nos olvidara.

Es que soy un poco despistada.

Y Ana Burton no tiene toda la razón. Yo no me peino con el rastrillo del jardín. Puede que a veces me peine con los dedos, pero nunca con un rastrillo.

—A mí sí que me gusta tu foto —me dice Justo con una sonrisa—. Estás clavadita. No estás como solemos verte, sino como realmente eres.

–Quieres decir desordenada –dice Ana riéndose.

Me gustaría arrancarle esa estúpida diadema que lleva en la cabeza.

–Ni se te ocurra –me dice Justo, deteniendo mi brazo.

Me encanta que Justo casi siempre adivine lo que estoy pensando, porque también yo casi siempre sé lo que él está pensando.

El señor Coten nos revisa los pasaportes, comprueba las tarjetas de embarque y Mario Fortunato nos conduce a nuestros asientos.

Cuando todos nos hemos sentado, Mario nos enseña a ajustarnos el cinturón de seguridad y nos explica lo que tenemos que hacer en caso de emergencia.

El señor Coten toma entonces su micrófono de mentira y nos dice que

nos prepararemos para el viaje más bonito de nuestra vida.

Y allá que nos vamos…, hacia el
cielo azul.

Los alumnos de tercero hemos
despegado camino de China.

China.

Es un lugar bonito par ir de visita.

Después de bajar del avión, el señor Coten nos enseñó una película sobre China y lugo sacamos nuestro cuaderno de actividades para empezar el trabajo sobre el viaje.

Justo y yo recortamos fotos de los folletos que nos ha enviado la agencia de viajes.

Convertimos las fotos en postales para que parezca que de verdad hemos estado en China, y luego escribimos en el cuaderno los datos más importantes de cada sitio.

Justo me enseña una foto en la que sale un panda gigante y me dice:

–Vamos a mandarle esto a Dani el Mocoso.

–Te refieres a Dani el Mocoso, tu hermano pequeño de cuatro años, con el que te horroriza compartir la misma habitación –y pego la foto en una ficha de cartón.

–El mismísimo, sí, señora. El único y extraordinario Dani el Mocoso –me contesta Justo, haciendo un gesto afirmativo con la cabeza, al tiempo que coge la tarjeta y se pone a escribir:

Me lo estoy pasando pipa.
Me alegro de que no estés aquí
Vivir sin ti es fantasticoso.

–Se escribe F-A-N-T-Á-S-T-I-C-O –le comento.

–Con el oso panda ahí, queda mejor F-A-N-T-Á-S-T-I-C-O-S-O –me dice Justo haciendo una mueca–. No te preocupes. Dani ni siquiera sabe leer.

–Con esa letra, seguro que no –le digo impresionada por los garabatos.

–Yo me ocupo del pegamento y tú de hacer las letras bonitas –me dice Justo, mirando la tarjeta.

Me fijo en cómo he puesto el pegamento y pienso en la palabra «desordenada». Si la limpieza y el orden sirvieran para subir mucho la nota, yo sólo sacaría ceros.

Justo, sin embargo, es muy limpio y ordenado cuando se pone a pegar cosas.

Pero yo tengo una letra mucho más bonita.

Ése es otro ejemplo del gran equipo que formamos. Nos ayudamos el uno al otro. Además, aprendemos las cosas más o menos al mismo tiempo, y si cualquiera aprende primero, siempre ayuda al otro. Cuando aprendí a hacer la «e» hacia delante (en vez de hacia atrás «ə»), fui yo la que se lo enseñó a Justo. Él me ayuda con las fracciones, porque yo no acabo de entenderlas.

Además, cuando hacemos grupos de lectura, los dos nos decimos en voz baja las palabras si es que necesitamos ayuda (somos un gran equipo).

Justo sigue pegando.

Yo sigo escribiendo.

Le «mandamos» una postal al padre de Justo, que se ha cambiado de trabajo y tiene que vivir él solo en Alabama. Justo, Dani y su madre se han quedado aquí, en Nueva Jersey, para poder vender la casa.

Están tardando mucho.

Aunque no se lo digo a nadie, me alegro.

A veces, Justo se pone un poco triste.

Eso no me alegra.

Sé cómo se siente uno cuando echa de menos a su padre. Cuando se divorciaron los míos, mi padre se fue muy lejos, a otro país. Así que nunca lo veo y llama poquísimas veces. Justo, sin embargo, tiene suerte. Su padre viene a casa algunos fines de semana y habla muchísimo con él por teléfono

Pero aunque Justo eche de menos a su padre, yo sigo cruzando los dedos muchas veces para que nadie les compre la casa y para que el señor Daniels encuentre otro trabajo aquí y vuelva a vivir a esta ciudad.

En el otro extremo de la mesa, Jaime y Roberto han empezado a pelearse.

—Escucha, cara de papilla, quiero que me des la cera marrón claro —le dice Jaime a Roberto tirándole de la manga–. Ya te lo he pedido cincuenta veces.

–Y yo te he contestado cincuenta veces que aún me hace falta, cara de huevo –le contesto Roberto, que sigue sin darle la cera–. ¿Por qué no escoges otro color?

–Porque me hace falta el marrón claro –dice Jaime, que tira al suelo uno de color azul.

Jaime y Roberto llevan peleándose desde preescolar.

El señor Coten les ha dicho que a ver cuando «se hacen mayorcitos para dejar de hacer esas tonterías», pero parece que nunca van a crecer.

–Marrón. Necesito el marrón –repite Jaime.

Roberto pone los ojos en blanco, le saca la lengua y aprieta la cera contra el pecho.

–¡Cara de mono! –le dice Jaime, mientras mueve las orejas.

–Si necesitas el color marrón claro –dice Roberto, señalándome–, ¿por qué no usas su cabeza? Ya sabes que es ámbar dorado.

Yo miro a Roberto con rabia.

–Ámbar Dorado no es una cera de colores. Ámbar Dorado es una persona.

Y ahora se ríen los dos.

Estoy más que harta de que las personas se burlen de mí porque me llamo Ámbar Dorado. Cuando era más pequeña quería que mis padres me hubiesen puesto un nombre normal, como Clara, Sara o Vanesa.

Ahora, sin embargo, me gusta mucho mi nombre.

Pero aún tengo que soportar a algunos bobos que se burlan de mí porque hay un color al que llaman también ámbar dorado.

El señor Coten apaga y enciende las luces.

–Es hora de comer en China. Despejad los pupitres.

Todo el mundo lo hace rápidamente.

Me doy cuenta de que Roberto se guarda la cera marrón en el bolsillo par tenerla él después.

Ahora entra la señora Armita, el señor Burton y la señora Eden.

La asociación de padres ha traído comida de un restaurante chino y empezamos a comer en China, aunque no en porcelana china, porque usamos platos de papel.

Yo, Ámbar Dorado, no como demasiado bien con los palillos chinos. Los utilizo para pinchar la comida y el tenedor para coger el arroz.

Cuando acabamos de comer, Justo y yo luchamos con los palillos como si fueran espadas.

Después, el señor Coten reparte los papelitos que van con las galletas chinas de la suerte.

Al abrir el mío, leo:

Experiencia es la mejor maestra de la vida

Enseño el papelito al señor Coten.

–Yo creía que USTED era el mejor maestro. ¿Quién es esa tal señora Experiencia?

El señor Coten sonríe y luego se va a separar a Jaime y Roberto, que siguen peleándose.

Justo deja su papelito de la suerte en el pupitre.

Se queda mirando a la pizarra.

Lo recojo.

Esto es lo que dice:

Dentro de poco viajará
a un nuevo lugar, donde empezará
una nueva vida.

Vuelvo a dejar el papelito en el pupitre.

De repente, no me siento demasiado bien.

De repente, me parece que me

ahogo con los trocitos de galleta de la suerte que he comido.

Yo, Ámbar Dorado, espero que las galletas de la suerte se equivoquen.

–Hora de picar algo –dice Justo, poniendo un paquete de galletas rellenas en la mesa de su cocina.

–Súper –digo yo, mientras abro el paquete, saco una galleta, me como el relleno de crema y le paso las galletas a Justo.

–Súper –dice él, mientras se las come.

Saco otra galleta y me como el centro.

Justo y yo llevamos comiendo así las galletas rellenas de preescolar.

Lo llamamos trabajo en equipo.

Ana Burton lo llama «una ordinariez».

La señora Daniels entra entonces en la cocina.

Detrás aparece Dani.

—Quiero que juguéis al mecano conmigo.

—Mecano, la mano. Me parece que es igual.

Y Justo se acerca a su hermano y le da la mano.

Ojalá tuviera yo un hermanito o una hermanita para hacerle rabiar.

Como soy hija única no hay manera, pero supongo que no pasa nada porque siempre puedo hacer rabiar a Dani.

—Ya jugarás después —le dice a Dani la señora Daniels—. Ahora no quiero que desordenes nada porque el señor de la agencia inmobiliaria va a traer a alguien a ver la casa.

De repente, hacer rabiar a Dani ya no me parece tan importante. De repente, es mucho más importante cruzar los dedos y desear con todas mis fuerzas (con todísimas mis fuerzas) que a esa persona la casa le parezca feísima, que crea que es demasiado grande o demasiado pequeña, que no tenga dinero para comprarla...

Suena el timbre de la puerta.

—¿Os importaría jugar un rato con Dani? —nos pregunta la señora Daniels, que se marcha a abrir la puerta.

—Arrg, gaaalletas —dice Dani, imitando al Monstruo de las Galletas que sale en Barrio Sésamo.

—Claro que sí, Bartolomé.

Bartolomé es como de verdad se llama Dani, pero cuando era pequeño le costaba pronunciarlo y siempre decía que se llamaba «Dani Dani».

Y se ha quedado con ese nombre. Ahora todo el mundo le llama Dani, menos Justo y yo cuando queremos hacerle rabiar.

Entonces, Dani empieza a cantar:

–Ámbar Dorado es una cera... una cera... una cera... de colores estropeada.

A veces me parece que nunca debería haberle contado que me da rabia que los niños se burlen de mi nombre.

Supongo que no es buena idea burlarse del nombre de otra persona cuando ellos pueden burlarse del tuyo.

Nos comemos unas cuantas galletas más; después, colocamos un cuenco de plástico y empezamos a tirar galletas dentro.

–Dos puntos. ¡Canasta! –chillo, cuando mi galleta roza el borde y cae dentro.

–Buen tiro –dice una voz extraña.

Levanto la vista y veo a una señora embarazada que aplaude al ver mi hazaña deportiva.

—A lo mejor Ámbar debería presentarse a la medalla de oro en las Olimpiadas Galleteras –dice Justo con una sonrisa.

—A lo mejor deberíais jugar en otra habitación mientras le enseño la cocina a la señora Brandy –nos dice la señora Daniels con una sonrisa para que salgamos de la habitación.

—No se preocupe. Me gusta ver niños en la cocina. Yo ya tengo uno de cuatro años –dice, y, dándose una palmadita en la barriga, continúa–: Y éste estará aquí dentro de pocos meses. Por eso me gusta la idea de una cocina llena de niños jugando.

Y entonces empieza a examinar con detenimiento la habitación.

Dudo si decirle que hay dragones en el sótano, fantasmas en las paredes y ectoplasma en el ático.

–Lo han decorado ustedes de maravilla –dice la señora Brandy, que está contemplando un armario con estantes giratorios.

–Gracias –dice la señora Daniels–. Hemos vivido muy agusto aquí y esperamos que la próxima familia también disfrute.

Pero yo no quiero que ninguna «otra familia» viva aquí.

Me acuerdo de cómo estábamos todos sentados viendo el papel y otras cosas cuando reformaron la cocina.

La señora Daniels dijo que como todos los que estábamos en la casa íbamos a verla todos los días, también teníamos que ayudar todos a decorarla. Además, dijo que como yo era prácticamente una más de la familia, también podía ayudarles.

Pero no escogieron el papel de jugadores de baloncesto que nos gustaba a Justo y a mí.

Ahora la pared está llena de flores por todas partes.

–Si no le importa –dice la señora Brandy–, me gustaría que mi marido viniera pronto a ver la casa.

Pronto. Parece que van en serio.

–Espero que no le importe que haya cocodrilos en el cuarto de baño –suelto entonces, sin poder contenerme.

La señora Brandy parece sorprendida, pero rápidamente sonríe.

–Cocodrilos en el cuarto de baño. Eso es una ventaja añadida.

Ella y la señora Daniels se miran y sonríen.

Está claro que no es buena señal.

Los mayores salen entonces de la habitación.

Justo, Dani y yo seguimos jugando al baloncesto con las galletas.

Hacemos como que no ha pasado nada.

Yo intento no ponerme demasiado nerviosa. Al fin y al cabo, ya ha venido un billón de personas a ver la casa y nadie la ha comprado.

A lo mejor al marido de la señora Brandy le parece horrorosa. Espero estar aquí cuando venga a verla. Entonces sí que dejaré caer lo de las termitas gigantes.

La señora Daniels entra otra vez en la habitación.

–Ámbar, ¿te gustaría quedarte a cenar? Voy a llamar a tu madre para ver si quiere venir ella también. Pediremos una pizza.

–Sí –le digo; y me siento un poco mejor.

Lo de cenar aquí lo hacemos con frecuencia, sobre todo desde que se divorciaron mis padres.

Normalmente, me quedo con los Daniels hasta que mi madre vuelve a casa de trabajar y luego a veces cenamos todos juntos. La pizza es la comida favorita de Justo y la mía también.

La señora Daniels habla por teléfono.

Mi madre dice que sí.

Entonces, la señora Daniels llama a los de las pizzas.

–Una extra de queso, champiñones y salami, por favor.

–¡Y que no se le escape ninguna anchoa, que no nos gustan!– –chillamos Justo y yo al mismo tiempo.

Y de repente nos reímos, imaginándonos al tipo sujetando las anchoas.

Y, durante un rato, se me olvida que a lo mejor venden la casa.

Cuatro

–Boing. Boing. Boing –Justo
salta de un lado a otro cuando salimos
de la escuela.

Estoy de muy buen humor. Sé
que los dedos cruzados han funciona-
do porque no han vuelto a saber nada
de la señora Brandy.

–¿Y qué libro vas a escoger para el trabajo? –le digo con voz normal, como si Justo no estuviera haciendo nada raro.

«Boing. Boing. Boing». Sigue
saltando a mi alrededor.

–No conocía ese libro. ¿Quién lo
ha escrito? –le digo en tono de burla,
mirándolo a los ojos.

Pero no es nada fácil mirar a los ojos a alguien que está saltando de arriba abajo mientras da vueltas a tu alrededor.

Seguimos andando un par de manzanas. Yo hablo. Justo sigue con su «Boing. Boing» y habla también.

—Yo voy a leer *El Superzorro*, y luego haré un diorama —le comento, mientras voy dando saltitos detrás de él.

—Eso del diorama suena a lo que

decían los hindúes a uno de sus dioses cuando querían saber lo que les iba a pasar: Di… Oh… Rama… Boing. Boing. Boing –dice Justo poniéndose redicho y sin dejar de saltar.

Entonces intento pisarle.

–Estás haciendo el tonto. Sabes que hicimos dioramas cuando preparamos el trabajo sobre el descubrimiento de América. Deja de dar saltos y háblame.

–Boing. Boing. Boing

Pero Justo salta demasiado rápido para poder agarrarlo y detenerlo.

–¡Basta ya! –le grito–. Deja de hacer eso. Me estás volviendo loca. ¿A qué estás jugando?

Por fin se para.

–Estoy practicando para hacer de canguro cuando vayamos a Australia.

El señor Coten dice que iremos dentro de tres semanas.

–¿No pensarás estar tres semanas haciendo el canguro, verdad? –le digo meneando la cabeza–. Justo, a veces parece que estás un poquito loco.

Él se acerca a un árbol y recoge una hoja del suelo.

–No, si quieres que te diga la verdad, también he pensado ser un koala parte del tiempo.

–¡No! –le grito, al ver que se ha puesto a masticar la hoja.

Justo sonríe y se mete un trocito más en la boca.

–Justo Daniels, deja de hacer eso ahora mismo –le digo, amenazándole con el dedo–. No sabes si algún gusano asqueroso ha dejado toda su baba encima, ni si algún pájaro ha dejado caer algo en la hoja, ni…

–Basta –dice Justo, escupiendo trocitos de hoja.

No soy capaz de parar. Yo, Ámbar Dorado, tengo lo que el señor Coten llama una «imaginación desbordante».

–Ni si ha venido un perro mientras la hoja estaba en el suelo…

–Qué asco –dice él, haciendo una mueca.

Le hago una reverencia y sigo hablando.

–Ni si estás comiendo hiedra venenosa, ni si vas a coger la enfermedad de los olmos holandeses, o como se llame la enfermedad que dijo mi madre que tenía nuestro árbol.

Justo menea la cabeza.

–Ámbar Dorado, eres una preocupona.

–Pues ya ves cómo me preocupa serlo –y le saco la lengua.

Yo muevo las orejas, frunzo la nariz y le saco la lengua.

Ana Burton y Brenda Colvin pasan a nuestro lado.

–¡Qué tontos! –comenta Ana para que la oigamos.

–Gracias por la receta, doña Perfecta! –gritamos los dos, y le hacemos una reverencia.

–¡Qué tontos son! –repite Ana, moviendo la cabeza como con pena.

Brenda nos sonríe y nos saluda con la mano, y las dos se alejan caminando.

–Boing. Boing. Boing.

–¿Quieres echar una carrera? –me dice Justo.

–Claro –y me pongo a su lado–.

En sus puestos…, preparados…, salten.

Y vamos saltando camino de su casa.

–¡He ganado! –le grito al llegar delante de su casa antes que él.

Justo deja de dar saltos.

–He ganado –repito–. Ya conoces las reglas. Tienes que decir: «Has ganado», y luego tienes que eructar. Venga. Sabes que siempre lo hacemos así.

Justo no dice nada.

No eructa.

Pero no deja de mirar algo que hay en el jardincito de su casa.

Yo me doy la vuelta para ver qué está mirando tan fijamente.

El cartel de SE VENDE del jardín tiene encima una pegatina que dice VENDIDO.

De repente, ya no me siento como debería sentirse una ganadora.

Cinco

—¿Y dónde está tu novio, si es que se puede saber? —me dice Jaime, que se ha acercado a mi pupitre el miércoles por la mañana para hacerme rabiar—. ¿Cómo es que lleva tres días sin aparecer por el colegio? ¿Es que se ha cansado de ti?

—Déjala en paz —le dice Brenda—. Lo que acabas de hacer es una crueldad. El señor Coten ha dicho que Justo, su madre y su hermano han ido en avión a visitar al señor Daniels y a buscar una nueva casa.

Empiezo a comerme un mechón de pelo.

—Anoche volvieron tardísimo.

Hubo niebla, o algo por el estilo, y no pudieron aterrizar en seguida, y luego perdieron un enlace o algo así y no llegaron a casa hasta las tres de la madrugada. Eso es lo que la señora Daniels le dijo a mi madre cuando llamó por teléfono esta mañana. Y también le dijo que iban a intentar dormir un poco.

–¡Vaya! Eso suena MUY emocionante –dice Brenda–. El viaje, quiero decir, no lo de irse a dormir.

–Sí, claro, emocionante –digo yo con una voz que mi madre llama «la voz sarcástica de la señorita

Ámbar». Justo va y se monta en un avión DE VERDAD antes que yo. Te digo que la vida no es justa a veces…, muchas veces.

El señor Coten apaga y enciende la luces.

—Continuad con el trabajo sobre China.

Meto la mano en el pupitre y saco medio bocadillo de crema de cacahuete y de chocolatinas M&M. Lo hice un día que mi madre se quedó dormida y me pidió que me preparase yo misma la comida.

Mirando el bocadillo me acuerdo del chiste que me contó Justo antes de marcharse… Uno sobre un empleado al que despidieron de su trabajo en la fábrica de M&M por tirar a la basura todas las chocolatinas que llevaban una «W», porque el muy tonto no se dio cuenta de que una «M» al revés se lee «W».

Por fin encuentro el cuaderno de actividades debajo de un libro que debía haber devuelto a la biblioteca hace tiempo.

Paso las hojas del cuaderno y me doy cuenta de que es posible que Justo ya no se quede conmigo el tiempo necesario para terminarlo. Dentro de poco es muy posible que incluso tenga que mandarle a él las postales.

Intento seguir con el trabajo, pero no hay manera. No puedo. Estoy demasiado triste.

Cuando sea mayor y me acuerde de cuando estaba en tercero intentaré olvidarme de este curso nada más pensarlo.

Éste es sin duda el peor año de mi vida…, el más peor de todos, todos los peores.

Creí que las cosas no podían ir peor cuando mis padres empezaron a pelearse más de lo normal.

Creí que las cosas no podían ir peor cuando mis padres se sentaron conmigo en la mesa de la cocina y me dijeron que iban a divorciarse.

Después, pasó mucho tiempo durante el que me ponía enferma cada vez que me sentaba a aquella mesa.

Creí que el año ya no podía ir peor cuando mi padre me dijo que su empresa lo iba a enviar a Francia durante un año por lo menos.

Las cosas empezaban a ir un poquito mejor, y de repente me entero de que al padre de Justo le han ofrecido un trabajo fantástico.

Justo y yo le pedimos por favor que no lo aceptara. Justo incluso se ofreció a que le redujeran su paga semanal. Yo incluso me ofrecí a darle al señor Daniels parte de la mía.

Pero no. Él aceptó el trabajo. Nos dijo que era una oferta que no podía rechazar, que para él suponía un gran ascenso y muchísimo más dinero.

Creo que uno de los peores días de mi vida fue cuando la señora de la agencia inmobiliaria puso el cartel de SE VENDE en el jardincito de la casa de los Daniels.

Pero luego mejoraron algo las cosas, porque pasaban los meses y nadie la quería comprar.

La verdad es que me sentía un poquito culpable por alegrarme tanto de que no vendieran la casa, pero si queréis que os diga la verdad, tampoco es que me sintiera demasiado culpable.

Y ahora, ya está.

La señora Brandy vio la casa y le gustó. El señor Brandy la vio después y también le gustó, así que la compraron.

Hace dos semanas estaba segura de que el día que vimos el cartelito de

VENDIDO fue el peor día de mi vida.

Pero no fue más que el principio de los días peores.

Justo y su madre han estado tan ocupados que no han tenido mucho tiempo para estar conmigo.

Incluso aunque sigo yendo después del colegio a su casa, la señora Daniels siempre está metiendo cosas en cajas.

Y Justo sí quiere jugar conmigo, pero no quiere hablar de que se van a marchar para siempre.

Me pongo muy triste sólo de pensar que Justo se va a marchar y por eso intento pensar en la parte buena de que se vaya. (Mi madre siempre me dice que intente encontrar por lo menos una cosa buena en todo lo malo que me pase.)

Me cuesta mucho encontrar algo bueno, pero de repente se me ocurre.

Cuando Justo se marche podré

guardar parte de mis cosas en su pupitre. Así no tendré que ordenar ni lim-
piar el mío.

Pero aunque soy una desordenada, yo, Ámbar Dorado, limpiaría y or-
denaría mi pupitre todos los días si
Justo se quedara.

Intento pensar en más razones
para estar contenta de que se marche
Justo. No se me ocurre ninguna.

Justo lleva fuera todo el fin de
semana, más dos días de colegio, y
empiezo a ver cómo van a ser las cosas cuando se marche de verdad.

Y no me gusta lo que veo… ni
lo que siento.

Sin duda ninguna, yo, Ámbar
Dorado, soy un ser humano muy des-
graciado.

Seis

Estoy haciendo un ejercicio de fracciones cuando Justo entra en la clase.

Me pongo muy contenta, no sólo de que haya vuelto, sino también de que pueda ayudarme a ver qué se puede hacer con:

$$?/6=2/3.$$

Justo se sienta en su pupitre.

Yo le paso la caja con piezas de madera que usamos para ayudarnos a entender las fracciones.

–Bienvenido.

Justo me sonríe y luego mira mi cuaderno.

–La solución es «4».

Se nos acerca el señor Coten, le da una hoja de ejercicios y le dice:

–Bienvenido. ¿Qué tal van las cosas?

–Genial –Justo mete la mano en la mochila y saca un lápiz en el que pone «Alabama»–. Se lo he traído para su colección, señor Coten.

¿Genial? ¿Cómo que genial? ¡Pues menuda genialidad! Yo me paso aquí todo el tiempo echándole de menos y él va y dice que todo va genial.

–Han pasado un montón de cosas –dice Justo con una sonrisa.

El señor Coten se agacha para pedirle una cosa en voz baja a Justo.

–¿Te gustaría contarle dentro de un rato al resto de la clase lo que has estado haciendo? Por supuesto que no tienes por qué, pero si quisieras sería interesante que lo compartieses con ellos.

–Claro que sí –dice Justo asintiendo con la cabeza.

El señor Coten se marcha y yo pienso que ojalá no le hubiera pedido eso a Justo. Quiero que me lo cuente a mí primero, no que todo el mundo se entere al mismo tiempo.

Miro a Justo.

Está haciendo los deberes de matemáticas muy deprisa.

Miro mi ejercicio de matemáticas y me pongo a chupar mi trozo de lápiz.

Ojalá Justo me hubiese regalado un lápiz a mí también.

Cuando acaba con los deberes, Justo coge mi hoja y la comprueba.

Encuentra dos errores, me enseña cómo se hace y me ayuda a acabar.

Las fracciones no son mi ejercicio favorito.

De hecho, son una de las cosas

que menos me gustan. El resto de las cosas que no soporto son:

1) Las coles de bruselas.

2) Ver a un niño meterse el dedo en la nariz y comerse los mocos.

3) Que se marche la gente a la que más quiero.

El señor Coten apaga y enciende las luces.

–Tenéis un minuto más para terminar el problema que estéis haciendo

y para levantar la mano si queréis que vaya a explicaros cualquier cosa. Podéis terminar los ejercicios después, en casa. Todos acaban.

Como Justo y yo ya habíamos terminado, jugamos a «tres en raya».

Gano yo.

Apuntamos mi victoria en una hoja que guarda Justo en su pupitre.

Llevamos anotando los resultados desde principio de curso.

Voy ganando yo. Doscientas veinte victorias contra ciento noventa y nueve.

Las luces se apagan y se encienden.

–Despejad el pupitre. Preparaos para prestar atención. Justo nos va a contar su viaje.

Todos se preparan y Justo se coloca en un extremo de la clase.

Estoy segura de que no va a contarle todo, de que habrá alguna cosa que me cuente sólo a mí.

–Salimos muy temprano el sábado por la mañana –empieza a contar Justo.

Lleva una camiseta nuevecita en la que pone «Alabama».

Personalmente, a mí no me gusta esa camiseta.

Ojalá llevara una camiseta de las que yo conozco.

–El viaje en avión fue muy divertido –sigue diciendo Justo–. Antes de despegar, la azafata me dejó ir a la parte delantera para ver la cabina y conocer al piloto. Y también me dieron unas alas para que me las pusiera.

–Igual que un ángel –dice Jaime–, ¿pero dónde te has dejado el halo?

–Jaime –dice el señor Coten, utilizando su tono de voz de maestro que significa «cierra el pico».

–Las alas están aquí – repite Justo, señalándose una chapita que lleva en la camiseta–. Y luego nos sentamos, y el avión empezó a subir, y una señora que iba delante de nosotros empezó a vomitar en la bolsa de papel…

«Uaau», «arrj», «una ordinariez» y «qué molón» son algunos de los comentarios que salen de la clase.

El comentario del señor Coten se limita a un:

–Por favor, Justo, continua…, pero sin ese tipo de detalles.

Justo continúa.

Nos habla de cómo su padre los estaba esperando en el aeropuerto; nos habla del hotel al que fueron, que tenía una sala de juegos, piscina, servicio de habitaciones… y de todo.

Luego nos cuenta que el señor Daniels había estado viendo un montón de casas y que al llegar todos fueron a ver las que más le habían gustado.

Y encontraron una que les gustaba a todos.

La escogieron el primer día.

Yo creía que comprar una casa llevaba mucho, muchísimo tiempo.

Justo nos dice que la casa es muy grande, que él y Dani podrán tener una habitación para cada uno, que su madre dijo que podía poner papel con jugadores de béisbol en su habitación y que había un rinconcito en el patio trasero con una canasta de baloncesto.

–¿Hay más niños cerca? –pregunta Ana.

Brenda le da un empujón a Ana.

–¿Por qué me pegas? –dice Ana, que se frota el brazo como si le hubiera pasado una apisonadora por encima–. He hecho una pregunta inofensiva.

Brenda me mira a mí.

Yo mantengo la vista fija hacia delante, como si todo aquello me diera igual.

Para demostrar que no estoy preocupada, yo misma repito la pregunta de Ana.

–¿Hay más niños cerca?

–Un montón –dice Justo, asintiendo con la cabeza–. La familia que vive en la casa de al lado tiene cinco hijos, dos ya tan mayores que hasta podrían hacer de canguros con Dani, uno de mi edad (se llama José, pero le llaman Pepe) y también otro de la edad de Dani, Juan Pedro.

–¿Son gemelos? –pregunta Tifany.

–No –y Justo se lo explica–. Allí hay mucha gente que tiene dos nombres en vez de uno.

«Genial», pienso. Dentro de poco tendremos que empezar a llamarle «Justo José».

Justo sigue contando.

Nos habla de la universidad en la que trabaja su padre, de que allí también tienen una gran sala de juego y que hay montones de cosas que puedes hacer.

Luego nos habla del colegio que estuvieron viendo, y que dentro de poco será su NUEVO colegio.

Después nos dice que allí no tienen sólo pupitres, sino que también tienen sus propias taquillas para guardar las cosas, que construyeron el colegio hace pocos años y que en vez de tener sólo un tercer curso, como nosotros, tienen cuatro terceros, además de que no hay que llevarse la comida de casa, porque hay una cafetería que sirve comidas y de que, por si fuera poco, tienen hasta aire acondicionado.

Justo sigue contando.

Yo sigo esperando que mencione una cosa muy importante que no tienen ni su nueva escuela ni su nuevo barrio: a MÍ.

Pero no lo dice.

Siete

En casa de los Daniels parece como si acabara de pasar un huracán, seguido de un ciclón, de un tornado y de un meteorito que les debió caer encima.

–Esto parece una casa de locos –dice la señora Daniels, al ver su cocina.

Hay cosas por todos lados. Cazos. Sartenes. Platos. Cajas de comida. Especias.

Está todo hecho un desastre, un poco como está casi siempre mi habitación, pero no como la casa de los Daniels normalmente.

Pero supongo que ya no tiene

mucho sentido hablar de «normalida-
des» cuando todo el mundo está metiendo todo en cajas.

La señora Daniels lanza un sus-
piro.

–Niños, por favor, no os pongáis
en medio. Dentro de dos semanas y
media tenemos que haber dejado la
casa vacía.

Ojalá yo no tuviera que estar
aquí ni siquiera ahora, pero mi madre
ha tenido que ir a trabajar un par de
horas, a pesar de que es sábado.

Dos semanas y media.

El día que me enteré de que se
iban a mudar de verdad, me queda-
ban cinco semanas para hacerme a la
idea. Ahora ya ha pasado la mitad del
tiempo.

Justo no quiere hablar conmigo
de que se va a marchar.

Sigue haciendo como si nada
hubiese cambiado.

Y yo sigo queriendo hablar sobre su marcha.

Pero él se niega.

Me estoy volviendo tarumba.

Cada vez que se lo menciono, él
sugiere que juguemos o que veamos
algún vídeo.

Cada vez que le digo: «Justo,
quiero hablar contigo», él me contesta: «Yo no quiero hablar».

No sé que hacer.

A veces creo que debería hablar
con mi madre, pero ella también está

triste de pensar que los Daniels se van a marchar.

Ella y la señora Daniels son amigas desde que Justo y yo estábamos en preescolar.

–Niños, os lo repito. Hacedme hoy el favor de no poneros en medio –dice la señora Daniels–. Tengo que empaquetar todo esto. He puesto unas cuantas cajas en tu dormitorio, Justo. Quiero que revises todas tus cosas. Tira las que no sirvan, las rotas. Las que todavía sirvan, pero que no vas a querer, ponlas en una caja para dárselas después a los niños necesitados.

–¡Súper! –grita Justo.

–Justo Daniels –le dice su madre mirándolo de una forma especial–. Ni se te ocurra pensar que vas a poder regalar el traje que te envió la abuela.

–Rayos y truenos –dice Justo, frunciendo el ceño.

–Te echaré una mano –digo, mientras me pregunto cuándo me convertí en la «Reina de las limpiezas generales».

Para entrar en la habitación de Justo y Dani tenemos que pasar por encima de las cajas ya listas y etiquetadas.

Justo coge una pelota de baloncesto y me la tira.

Yo se la devuelvo.

En seguida estamos jugando a un juego de «Puntos por darle a la otra persona».

Nos inventamos ese juego cuando estábamos en segundo.

Un punto por hacer blanco en el pecho.

Dos puntos por un impacto directo en el trasero.

Tres puntos por el dedo gordo del pie, el pequeño y el ombligo.

También se pueden perder puntos. Se pierden cinco puntos si le das a la otra persona en la cabeza o en otros sitios.

—¡Tres puntos, sí, señor! —grita Justo cuando me da un pelotazo en el zapato, justo donde tengo el dedo gordo del pie.

—Y veinte menos por no hacer lo que te he mandado —le dice la señora Daniels—. Escucha, aún tenemos que guardar muchas cosas. He mandado a Dani a casa de su amigo para que pudiéramos trabajar más deprisa. Ahora te estoy tratando como a una persona mayor, Justo; así que haz el favor de actuar como si lo fueras.

Justo baja la vista al suelo.

Me gustaría saber por qué cuando los adultos te dicen cosas como que «te estoy tratando como a una persona mayor» una se acaba sintiendo como si fuera un bebé.

La señora Daniels se marcha.

—Te echaré una mano –le vuelvo a decir a Justo.

Empezamos a revisar las cosas que tiene en los armarios y cajones.

En la caja importante guardamos su colección de cromos de béisbol, tres cintas azules de las carreras a tres patas de la comarca (siempre ganamos las de nuestra edad), sus modelos de aviones y todas nuestras fotos escolares.

—Voy a tirar esto a la basura. Porque como se entere mi madre, le da un ataque.

Justo me enseña la bola que estamos haciendo desde hace año y medio con los chicles usados.

—Pero es NUESTRA. La hemos hecho entre los dos.

Y pienso en todas las veces que iba a tirar un chicle, pero lo guardé en una servilleta de papel húmeda y luego en una bolsita para que siguiera

pegajoso y lo pudiéramos añadir a la bola.

Justo suspira y se encoge de hombros.

—Mi madre ya está de bastante mal humor —explica.

—Pero es NUESTRA —repito.

—No es más que una bola de chicle —dice Justo, con voz de estar enfadado—. Ámbar, ¿por qué te lo tomas tan a pecho?

Ésa es la gota que desborda el vaso. Justo se ha pasado de la raya.

—Si la tiras, nunca en la vida te volveré a hablar —le digo, mirándolo fijamente.

Él me devuelve la mirada. Y entonces, coge la bola, dobla las rodillas y, como si fuese un balón de baloncesto, la encesta en el montón para tirar a la basura sin decir palabra.

Nunca en la vida volveré a hablar con Justo Daniels.

Ocho

No es fácil elegir a tu nuevo mejor amigo o amiga.

Me siento en la cama, concentrándome en la lista de mis compañeros de clase.

Para empezar, me va a llevar mucho tiempo decidirme, y luego, ¿qué pasa si la persona a la que elijo ya tiene un mejor amigo o no quiere que yo sea su mejor amiga?

Los nombres están escritos todos con tinta azul. He cogido un bolígrafo rojo para tachar a todas las personas que no pueden ser mi mejor amigo. Alicia Sánchez y Naomí Mayer son ya mejores amigas la una de la otra. Lo mismo les pasa a Fredi Romano y a Gregorio Bronson. Hay un par de chicos que son un latazo y los he tachado. Preferiría a un gusano con rabia antes que a ellos. Ana Burton es demasiado ordenada y se preocupa demasiado de estar guapa. Nunca podría ser la mejor amiga de alguien que en la puerta de su habitación se ha colocado una lista de lo que lleva cada día para no volver a ponerse lo mismo al menos en las dos semanas siguientes. Una vez nos invitó a una fiesta de disfraces en su casa y vi que tiene las cosas del armario ordenadas por colores y por su longitud: camisas, faldas, pantalones y vestidos. Ana está SUPERTACHADA.

A Brenda Colvin le he puesto una estrella de color violeta al lado del nombre. Está claro que es una POSI-BILIDAD. Lo mismo que Marco Mayer.

Federico Alden, sin embargo, es un NO, de ninguna de las maneras. Es

una de esas personas que se meten el dedo en la nariz y luego mastican lo que encuentran.

Alguien llama a la puerta.

–Ámbar, cariño, ¿puedo entrar?

Pongo la lista debajo de la almohada.

–Claro.

Entra mi madre con un cuenco y dos cucharas.

–Sé que no es una comida muy

sana y que no deberíamos tomar estas cosas. Pero hoy ya no puedo hacer más cosas– suspira y se sienta en mi cama.

–Mi plato favorito –le digo, al ver que dentro del cuenco tiene los ingredientes para hacer una tarta de chocolate con doble ración de chocolate, pero sin cocinar.

–Gracias, mamá –le digo, dándole un abrazo.

–Prométeme que durante el resto de la semana te llevarás fruta de postre al colegio –me dice, manteniendo la cuchara lejos de mí.

–Te lo prometo.

Entonces me da la cuchara.

Las dos nos ponemos a comer durante un rato, hasta que mi madre me dice:

–Ámbar, quiero hablar contigo.

Nadie regala tartas de chocolate sin pedir nada a cambio.

—¿Qué os pasa a Justo y a ti? ¿Por qué habéis dejado de hablaros?

¿Cómo contarle lo de la pelota de chicles, o que se niega a hablar conmigo de su marcha, o que hace como si marcharse fuera la cosa más fácil del mundo?

Digo que no con la cabeza.

Si empiezo a hablar de eso, me echaré a llorar.

Mi madre pone el cuenco y las cucharas encima de mi mesa y me abraza.

–Ámbar –me dice, dándome un beso en la cabeza.

Esta vez no me aparto, aunque casi siempre lo hago cuando ella me besa así delante de los demás.

–Ámbar –y me da otro beso en la cabeza–. Sé que vas a echar de menos a Justo. La verdad es que tenéis una amistad muy especial.

–No, ahora ya no –le digo, empezando a hacer pucheros–. Es un bruto, un bruto como una casa de grande.

–Es duro ver que alguien te abandona –me sigue diciendo–. A veces, incluso aunque no sea por culpa tuya, a ti te parece que lo es.

–Le odio –digo, y empiezan a caerme unas lágrimas contra mi voluntad.

–No, eso no es verdad –me dice mi madre mirándome a los ojos–. Cariño, ahora estás muy enfadada, pero sabes que Justo es amigo tuyo.

—No lo es —digo yo.

—Pues entonces dime qué pasa —me dice, acariciándome el pelo—. Será más fácil si me lo cuentas.

Digo que no con la cabeza.

Ella sigue acariciándome el pelo.

—A veces, cuando las personas tienen que alejarse de un ser querido, hacen como que no pasa nada o buscan pelearse para que no les cueste tanto irse. En este caso parece que han pasado las dos cosas. Pero piensa en todos los buenos ratos que os estáis perdiendo Justo y tú sólo porque has dejado de hablarle.

Empiezo a llorar más.

Odio llorar.

A veces, tengo miedo de que si empiezo nunca pararé.

Y ahora he empezado.

Mi madre me abraza.

Y me abraza.

Yo lloro.

Y lloro.

Nos quedamos así sentadas un rato y luego yo me aparto.

–El señor Coten dice que estamos hechos hasta de un ochenta por ciento de líquido. Por cómo he estado llorando, los del parte meteorológico podrían decir que soy el resultado de un gran sequía. Me he quedado completamente seca. Gracias por abrazarme, mamá –le digo–. Ahora ya estoy bien.

–¿Prefieres quedarte sola? –me pregunta.

Digo que sí con la cabeza.

—Estaré en el salón si me necesitas —me vuelve a abrazar y sale de la habitación.

Yo me quedo mirándola.

Tengo mucha suerte de que mi madre no haga como si no contase lo que yo pienso sólo porque soy una niña.

Saco la lista y la miro.

De repente, la rompo en pedazos.

Buscar un mejor amigo no es como hacer la lista de la compra.

Saco la foto del colegio de Justo del cajón de mi mesilla.

Está un poco sucia desde el día en que le puse un ojo morado y con un bolígrafo rojo le puse como si tuviera el sarampión.

Miro la foto durante un rato y pienso… Me va a echar de menos. ¿Ahora quién le va a decir bajito la

palabra correcta en los grupos de lectura? ¿Quién va a hacerle un guiño
cuando algún adulto idiota le diga:

«Así que tú eres Justo, justo la
persona que andaba buscando.»
¿Quién va a darle la parte de fuera de
las galletas rellenas? ¿Quién le va a
aplaudir aunque pierda al béisbol?
¿Quién si no va a convencer a Dani de
que los «niños grandes» les hacen la
cama a sus hermanos mayores?

Voy a deciros una cosa.

Justo me va a echar de menos.

Voy a deciros otra cosa.

Yo también voy a echarle de
menos.

Nueve

Hoy la clase del señor Coten vamos a celebrar una fiesta y comeremos pizza. Esa es la buena noticia.

La mala noticia es que estamos dando una fiesta de despedida a mi ex mejor amigo, Justo Daniels, con el que aún sigo sin hablarme.

He estado esperando a que me dijera: «Lo siento».

No sé qué espera.

Así que hemos estado sentados juntos en clase, el uno al lado del otro, sin decirnos ni una palabra.

Bueno, casi sin decirnos una palabra.

Confieso que un día le dije:

–Oye, cabezón, ¿te importaría pasarme la goma?

Y él me contestó:

–Cerebro de cera de colores, búscate tú tu propia goma.

Me duele mucho, pero no pienso ceder.

Justo es muy cabezota.

Hoy la clase «volvió» del viaje a China.

El siguiente «vuelo» es a Australia.

Me muero de ganas de ir.

Justo, sin embargo, no va a «volar». Él se marcha a Alabama de verdad.

Ojalá Alabama fuera una persona de verdad para que yo pudiera decirle que no la soporto.

Veo pasar a Brenda Colvin al lado de nuestros pupitres y la llamo:

–Eh, Brenda, no te olvides de

que cuando volemos a Australia vamos a sentarnos juntas.

Entonces, Justo se vuelve y le dice a Ana.

—Te prometo que te enviaré postales desde Alabama.

Bostezo, con un bostezo grandísimo, en frente de sus narices para que se note que no me importa, y luego hago como me concentro en mi

hoja de ejercicios para que no se dé cuenta de que estoy a punto de echarme a llorar.

El señor Coten apaga y enciende las luces.

–Las pizzas estarán aquí dentro de cinco minutos. Extra de queso, champiñones y demás.

Levanto la cabeza y miro a Justo.

No parece mucho más contento que yo.

Entonces, tomo una decisión.

—¡Dígale al hombre que no se le escape ninguna anchoa que no nos gustan! —y luego miro a Justo, haciendo como que sujeto un montón de anchoas resbaladizas.

Justo se echa a reír.

Yo hago como que le tiro una anchoa.

Él hace como que la recoge.

—Vamos a salir al pasillo un momento —dice Justo, mientras coge la mochila.

Los dos vamos hasta donde está el señor Coten y le pedimos permiso para salir al pasillo un momento.

—Claro —dice él, indicándonos la puerta.

Cuando salimos, me parece que oigo al señor Coten decir:

—Por fin.

Cuando ya estamos en el pasillo,

nos quedamos de pie y callados durante unos minutos.

Entonces los dos decimos «lo siento» al mismo tiempo y enlazamos nuestros dedos meñiques.

–No quiero que te vayas –le digo, y empiezo a llorar un poquito.

Justo respira profundamente y dice:

—Yo tampoco quiero irme. ¿Te parece que es fácil? El nuevo colegio es grandísimo. No conozco a nadie. ¿Y qué pasa si se me olvida la combinación de la taquilla? Todos los niños que hay allí ya se conocen. Mis padres dicen que tengo que ser valiente, que debo darle ejemplo a Dani. Que va a ser divertido. Pero yo sé que mi madre también está nerviosa con lo de la mudanza. Oí como se lo contaba a tu madre. Y además es demasiado tarde para meterse en cualquier equipo de béisbol infantil y allí a todos les parece que tengo un acento gracioso porque es distinto del suyo, y tendré que aprender a hablar como ellos... y...

—¿Y? —pregunto.

—Y te voy a echar de menos —dice Justo, sonrojándose.

Yo sonrío.

Me parece que llevo años sin sonreír.

Nos quedamos callados un rato y luego le digo:

—¿Por qué no me lo habías dicho antes?

—Porque ya no me hablabas —me contesta.

—Pero tú no querías hablar conmigo —me defiendo—. No de las cosas importantes.

–Es difícil –dice, mirándose los zapatos.

–Quiero que te quedes –le digo.

–Yo también –dice Justo, levantando la vista–, pero no puedo. Mis padres me obligan a ir. Pero dicen que tú y tu madre podréis venir a visitarnos en verano.

En verano. Más me vale empezar a practicar el acento de Alabama.

Entonces, Justo saca una cosa de la mochila.

Es un regalo mal envuelto.

Es una caja de pañuelos de papel.

Dentro de la caja está la bola de chicle.

–Gracias. Es el mejor regalo que he recibido en mi vida –le digo, sabiendo que siempre lo guardaré como un tesoro.

En ese momento llega el tipo del restaurante con diez pizzas. Me llega el olor del queso y mi estómago reclama su ración. Entonces sale el señor Coten de la clase.

–Más vale que entréis antes de que todo el mundo se coma las pizzas. Es tu fiesta, Justo.

Al entrar, pienso en cómo serán las cosas cuando Justo y yo seamos mayores y él no tenga que irse a otro sitio sólo porque se vayan sus padres.

A lo mejor algún día podremos abrir nuestra propia empresa. Yo seré presidenta una semana y él será presidente la semana siguiente. Vamos a vender tarros de miel y cajas de galletas.

A lo mejor, algún día viajamos alrededor del mundo probando nuevos sabores para los chicles, y la bola de chicle crecerá tanto que tendremos que construir una casa especial para ella.

Hasta entonces, a lo mejor puedo ahorrar parte de mi paga semanal para llamar a Justo por teléfono de vez en cuando. Él podría hacer lo mismo.

Creo que me voy a aprender su nuevo número de teléfono de memoria.

Cada vez que me acuerde de cuando hice tercero pensaré en Justo, y estoy segura de que él siempre va a pensar en mí.

Ámbar en cuarto y sin su amigo

Paula Danziger
Ilustraciones de Tony Ross

Ámbar está un poco preocupada,
pues empieza un nuevo curso.
¿Cómo lo pasará en el colegio
sin su amigo Justo?
¿Seguirá saliendo su madre con Max,
al que ella no quiere ni ver?
Pronto, Ámbar comprueba
que ha crecido y que también crece
su capacidad de comprenderse
y de comprender a los demás.
Así que valientemente se enfrenta
a los retos del nuevo curso.
Este es el segundo libro de la serie
de Ámbar Dorado.

INFANTIL

SERIE MORADA
desde 8 años

MANUEL L. ALONSO
Extraño, muy extraño

ROGER COLLISON
A la caza de Lavinia

GILLIAN CROSS
La cabaña en el árbol

ROALD DAHL
El Superzorro
¡Qué asco de bichos!/ y
Un cocodrilo enorme

PAULA DANZIGER
¿Seguiremos siendo amigos?
Ámbar en cuarto y sin su amigo

ANNE FINE
Billy y el vestido rosa

SID FLEISCHMAN
La maravillosa granja de McBroom

JORDAN HOROWITZ
The Pagemaster. El Guardián
de las Palabras

JANOSCH
Leo Pulgamágica

MICHÈLE KAHN
Un ordenador nada ordinario

MARIO LODI
Cipi

OLE LUND KIRKEGAARD
Otto es un rinoceronte
La aventura volante de Hodia

PAUL MAAR
Anne quiere ser gemela

CHRISTINE NÖSTLINGER
Piruleta
Rosalinde tiene ideas en la cabeza
Juan, Julia y Jericó

GINA RUCK-PAUQUÈT
Los niños más encantadores
del mundo

ALFAGUARA

ESTE LIBRO SE TERMINÓ DE IMPRI-
MIR EN LOS TALLERES GRÁFICOS DE
PRINTING-10, S. L. MÓSTOLES (MADRID),
EN EL MES DE NOVIEMBRE DE 1997, HA-
BIÉNDOSE EMPLEADO, TANTO EN INTERIO-
RES COMO EN CUBIERTA, PAPELES 100 % RE-
CICLADOS.